BIBLIOTHÈQUE

DES

PETITS ENFANTS

APPROUVÉE

PAR Mgr L'ÉVÊQUE DE NEVERS

Une blanche et lumineuse apparition semblait, d'un geste
imposant, lui interdire le passage.

LA
PETITE FILLE
VOUÉE AU BLANC

Par Mme Élise Voïart

TOURS

Ad MAME ET Cie, LIBRAIRES-ÉDITEURS.

1845

Propriété des Editeurs.

LA

PETITE FILLE

VOUÉE AU BLANC.

Qui de vous, mes chères petites amies, n'a pas vu dans les rues, à la promenade, à l'église surtout, tantôt un tout petit enfant porté par sa mère ou sa nourrice, tantôt une petite fille âgée de quatre, cinq, six, et quelquefois de près de sept ans, entièrement vêtus de blanc? Robe, manteau, bonnet, chapeau, rubans, enfin jusqu'aux bottines, tout est blanc dans l'ajustement de ces enfants; et savez-vous pourquoi? C'est que ces petites créatures ont été mises dès le premier jour de leur naissance sous la protection de la sainte Vierge, dont le blanc, symbole de pureté et de candeur, est la couleur distinctive. Ces en-

fants sont souvent ou le dernier
rejeton d'une famille que la mort
a frappée dans ses plus chères es-
pérances, ou une dernière petite
fille qu'une santé délicate et frêle
menaçait d'un sort pareil à celui de ses aînées ; dans ce cas,
leurs tendres et pieuses mères ont
cru ne pouvoir mieux faire que
de mettre ces chers trésors sous
la protection, et en quelque sorte
sous la garde de la **Mère** de
toute miséricorde, afin de préser-
ver leur jeune vie de tout accident

fâcheux , et en même temps faire
contracter à ces enfants dès l'âge
le plus tendre ces habitudes d'ordre, de soin et de netteté si nécessaires dans tout le cours de la
vie. On appelle les enfants qu'on
voit aller ainsi vêtus *enfants voués
au blanc*, ce qui signifie que leur
mère, en les consacrant à la sainte
Vierge, a fait le vœu, c'est-à-dire
la promesse de ne leur faire porter aucune autre couleur que le
blanc avant l'âge de sept ans; et
souvent, au milieu des jeux

bruyants et folâtres d'enfants appartenants à la même famille, et vêtus de couleurs éclatantes, on voit, comme un beau lis parmi d'autres fleurs, une douce et aimable petite fille se distinguer non-seulement par la simplicité et la propreté de son blanc vêtement, mais encore par sa candeur, sa bonté et sa modestie. Telle était la jeune Marie, dont je veux aujourd'hui vous raconter la touchante histoire. Ses parents, après avoir perdu succes-

sivement trois enfants par une de
ces maladies aussi promptes que
terribles qui mettent souvent les
familles en deuil, avaient résolu
de sauver le premier enfant que
Dieu aurait la bonté de leur accorder, en le mettant sous la protection particulière de la sainte Vierge.
Cet enfant fut une fille; mais elle
était si petite, si faible, si délli-
cate en naissant, qu'on eût dit
qu'elle n'avait pas un jour à
vivre. Toutefois la mère, con-
fiante en la bonté de la sainte

Vierge, au service de laquelle
elle avait promis de consacrer sa
fille, ne s'en effraya point; elle
se hâta de la faire revêtir d'une
jolie robe blanche, qu'elle lui
avait brodée elle-même; on coiffa
l'enfant d'un petit bonnet de den-
telle orné de deux rosettes de ru-
ban blanc; on lui passa de petits
mitons blancs sur les mains, parce
qu'on était en hiver; on l'enve-
loppa dans une grande pelisse de
cachemire blanc, ouatée et dou-
blée de soie blanche; et, ainsi

vêtue de son premier vêtement blanc, on porta la petite fille à l'église pour y être baptisée, et ensuite présentée à l'autel de Marie, dont le doux nom devait être désormais le sien.

Aussitôt que Mme d'Herbelot (c'était le nom de la mère de Marie) fut en état de sortir, elle se rendit elle-même à l'église pour y renouveler son vœu; et le vénérable prêtre, qui peu de mois auparavant avait déjà reçu ce vœu, bénit de nouveau l'enfant,

et lui suspendit au cou une petite
médaille d'argent, sur laquelle
on voyait d'un côté un M sur-
monté d'une croix, et de l'autre
l'image de la Vierge, dont les
mains rayonnantes semblent répandre les grâces dont elle est
la dispensatrice, et autour de laquelle se lit cette inscription bien
connue de tous les fidèles qui l'im-
plorent :

MARIE CONÇUE SANS PÉCHÉ,

PRIEZ POUR NOUS,

QUI AYONS RECOURS A VOUS.

Il inscrivit ensuite le nom de l'enfant et la date de sa naissance sur un petit registre, recommanda à la mère d'assister régulièrement à la messe le samedi de chaque semaine, et de dire soir et matin un *Ave Maria* à l'intention de son enfant; enfin, d'apprendre à celle-ci à balbutier le nom de sa céleste protectrice aussitôt que ses petites lèvres seraient en état de proférer ce nom sacré.

Cette pieuse confiance, des soins aussi réguliers que tendres, obtinrent le plus heureux résultat. La santé de l'enfant si frêle, si maladive, se fortifia de jour en jour ; toutes ses dents percèrent presque sans douleur, et sans éprouver ces horribles convulsions qui avaient occasionné la mort de ses frères ; elle marcha de très - bonne heure, parla de même, et les premiers mots que sa bouche enfantine parvint à prononcer furent ceux de la salutation angélique : *Ave Maria.*

Douée d'un caractère doux et

joyeux, on n'entendait jamais pleu-
rer l'aimable petite fille; elle était
regardée dans la maison comme
une source de bénédiction, car, depuis sa naissance, tout avait prospéré autour d'elle; et, comme si
en effet la bénédiction de Dieu fût
entrée en même temps qu'elle
dans la famille, la fortune de ses
parents, qui étaient dans le commerce, avait prospéré; la santé de
son père, ébranlée par la fatigue
et les soucis, s'était améliorée;
la naissance successive de deux

enfants était venue consoler les
parents de la perte des premiers,
et, en donnant deux petits frères
à Marie, assura le bonheur de
cette dernière.

Marie avait près de cinq ans
lors de la naissance de son second
frère; si elle avait été heureuse
de celle du premier, qu'on avait
nommé Gabriel, celle du second, auquel on donna le nom de
Henri, tout en lui causant une
joie semblable, lui inspira des
idées nouvelles. Jusqu'alors Marie

n'avait songé qu'à jouer avec son petit frère, à l'apaiser quand il pleurait, à le faire rire quand il batifolait sur les genoux de sa mère, à le bercer pour l'endormir; mais lorsqu'elle se vit un second frère, et que sa mère, en la chargeant de quelques petits devoirs près de ces deux enfants, lui eut dit qu'elle devait commencer à se rendre utile, Marie comprit qu'étant maintenant l'aînée de la famille, elle devait se rendre digne de ce titre. Sans être moins

douce et moins gaie, elle devint
plus attentive, plus soigneuse encore, et sa mère, qui aimait peu à
s'éloigner de ses jeunes enfants,
trouvait en elle une aide pleine
d'intelligence et d'adresse. Rien
n'était plus charmant que de voir
Marie occupée auprès des deux
petits garçons, dont l'un, âgé de
deux ans, causait déjà tout seul,
tandis que l'autre ne faisait encore que se rouler sur un tapis
étendu au milieu de la chambre;
elle avançait à celui-ci le hochet

ou la pomme qu'il s'efforçait de saisir ; elle donnait complaisamment à celui-là le joujou qu'il désirait, ou savait l'occuper par de petits jeux qu'elle inventait elle-même pour l'amuser et le faire tenir tranquille. Au moment où la mère habillait les enfants, Marie était toujours là, attentive, empressée à lui présenter leurs petits vêtements ou les objets de leur toilette. Souvent, tandis que sa mère, qui nourrissait encore le plus jeune, était occupée de ce soin, Marie, après avoir placé le petit Gabriel sur un tabouret, s'agenouillait devant lui, et là, avec autant de patience que d'adresse et de propreté, elle lui faisait manger sa bouillie : ces mêmes soins se renouvelaient dans la journée, et le soir, quand les deux petits garçons, couchés dans leurs berceaux, pleuraient avant de s'endormir, Marie, comme un ange de paix et de bénédiction, s'établissait entre les deux couchettes, et, tout en répétant pour ses frères encore incapables de prier la salutation angélique, agitait les deux berceaux d'un mouvement doux et régulier, qui ne tardait pas à plonger les petits enfants dans un doux et profond sommeil.

Outre ces petits devoirs domestiques, dans lesquels la petite fille se montrait déjà aussi habile que zélée, Marie en avait d'autres qu'elle remplissait également bien. Elle savait lire depuis longtemps et commençait à écrire fort proprement; elle ap-

prenait facilement par cœur, et
chaque dimanche elle récitait à
sa maman l'évangile du jour,
avec attention et sans en manquer un seul mot. Elle savait
également par cœur toutes les
plus belles prières à la Vierge,
les litanies, le *Salve Regina* ; et
même sa voix faible encore, mais
d'une grande justesse, chantait
quelques-uns de ces beaux cantiques qui célèbrent là bonté de
la Reine du ciel.

Dans l'intervalle de ses leçons,

Marie s'occupait à coudre, à marquer, à tricoter, à festonner, car à six ans elle savait toutes ces choses, que bien des petites filles plus âgées qu'elle, mais paresseuses ou moins attentives, ont tant de peine à apprendre. Si vous me demandez comment Marie, si jeune encore, était devenue aussi adroite, aussi savante, je vous répondrai que, toute jeune aussi, elle avait cherché à imiter en tout la Vierge enfant, sa sainte patronne, à laquelle

sa mère l'avait consacrée. Lorsqu'elle ne faisait que commencer
à apprendre à lire, sa maman, pour
l'encourager à surmonter l'ennui
des premières leçons, lui avait
donné une charmante petite image , représentant sainte Anne
montrant à lire à la sainte
Vierge. On voyait, au centre d'une
espèce de grand vitrail doré et
orné de vives couleurs , comme
on en voit dans nos vieilles
églises , l'intérieur de la chambre
de sainte Anne ; au fond , un lit

antique pour ornement, un vase
de fleurs posé sur une table, et ,
près de la sainte institutrice, une
quenouille, un fuseau, des laines
dans une corbeille, d'où s'échappait encore une riche broderie,
images des divers travaux qui
occupaient la vie laborieuse de
sainte Anne. Celle-ci, assise sur
une chaise à haut dossier, un
livre ouvert sur ses genoux, semblait diriger dans sa lecture la
sainte enfant, qui, placée devant
elle, suivait d'un regard attentif,

et du bout du doigt, la ligne in-
diquée par sa mère. Un rayon lu-
mineux, dans lequel se jouaient
de petits anges attentifs à ce
touchant spectacle, éclairait les
deux figures, et faisait ressortir
le vêtement rouge et vert de
sainte Anne, et la blanche tuni-
que de sa divine fille. Tout dans
cette image ravissait Marie, elle
passait des heures entières à l'exa-
miner dans ses moindres détails,
et y découvrait toujours quelque chose de nouveau à admirer.

La bonté peinte sur la figure de
sainte Anne lui représentait celle
de sa mère, si douce, si patiente avec elle en lui donnant
ses leçons ! L'attention profonde
que la Vierge enfant semblait
porter à sa lecture, sa bonne te-
nue devant sa mère, sur laquelle
elle ne s'appuyait même pas, lui
causaient une tendre admiration
et quelquefois un peu de re-
mords ; car, en comparant la manière dont elle prenait souvent
ses leçons à celle de ce divin mo-

dèle, la petite fille se trouvait bien inattentive, bien dissipée, bien peu respectueuse; la vue de la corbeille à ouvrages était aussi pour elle une source de réflexions. Sans doute que l'ouvrage de la sainte Vierge était parmi ceux-là, mais lequel ?... Était-ce la couture, la broderie, le fuseau, ou les aiguilles à tricoter? car il y avait de tout cela dans la corbeille. Sa mère, qu'elle questionna à ce sujet, lui raconta quelques particularités de la vie

de la sainte Vierge rapportées
par saint Épiphane; qui atteste
que la fille de sainte Anne était
citée parmi ses jeunes compagnes
pour son habileté dans tous les
travaux de son sexe, et que pendant son séjour au Temple elle
couvrit de riches broderies les
voiles du sanctuaire. Plus tard
elle faisait les vêtements de Jésus,
témoin cette merveilleuse robe
sans couture dont parle l'Évangile, et que les soldats, réunis au
pied de la croix sur laquelle ex-

pirait le Sauveur, jouèrent aux dés entre eux, ne pouvant se la partager.

Marie conclut de ces récits qu'elle devait s'appliquer à toutes ces choses, afin de devenir adroite comme sa divine patronne, et pouvoir aussi un jour travailler à quelque ornement digne de parer les autels.

Cette pensée continuelle d'imiter la sainte Vierge fut pour Marie la source d'une foule de bonnes résolutions. Éprouvait-elle quelques difficultés dans ses études, ou quelque ennui dans ses petits travaux journaliers : « Allons, se disait-elle, il faut être patiente et attentive comme l'était la sainte Vierge ; » et bientôt sa pétulance naturelle s'apaisait, son intelligence se développait, ses mains devenaient adroites, et au bout de quelque temps la leçon, bien comprise, était retenue, le point difficile appris, et la tâche imposée s'achevait sans peine. Il en était de même dans

les autres circonstances où les
pauvres enfants, habitués à suivre toutes leurs fantaisies, com-
mettent tant de fautes et méri-
tent par là tant de punitions!
Ainsi, quand Marie se sentait un
peu de paresse, quelque pen-
chant à la gourmandise, une lé-
gère envie de taquiner, de déso-
béir, de vouloir être servie tout
de suite, de manquer de préve-
nance ou de politesse, il lui
suffisait de se dire : « La sainte
Vierge était laborieuse; la sainte

Vierge n'était pas gourmande ; la
sainte Vierge était douce, bonne,
complaisante, humble, polie. »
Aussitôt la mauvaise envie, chas-
sée par cette sainte pensée, dis-
paraissait, et l'heureuse petite
fille n'avait plus même la peine
de la combattre.

Ces habitudes pieuses, et qui
se fortifiaient en elle de jour en
jour, donnaient quelque chose
d'angélique à l'aimable enfant.
Adorée de son père et de sa mère,
dont elle faisait le bonheur ; ché-

ric de ses petits frères, qui ne
se plaisaient qu'avec elle ; ten-
drement aimée de ses petites
amies, qui ne trouvaient amusants que les jeux indiqués par
elle ; bénie de toutes les personnes de la maison, pour lesquel-
les elle se montrait obligeante,
aimable et polie, Marie était pour
tous un sujet de joie et de con-
tentement ; personne en sa présence n'eût osé dire une parole
malhonnête, ni faire une action
inconvenante, à ce point que le

vieux domestique de son père,
qui, ayant été soldat, avait la
mauvaise habitude de jurer, s'en
corrigea par la seule crainte qu'il
avait, disait-il, de blesser les
oreilles de la pieuse enfant par
des propos grossiers et répréhen-
sibles.

Il arriva même qu'un jour
deux ouvriers qui étaient venus
pour travailler dans la maison de
son père, s'étant pris de querelle,
commencèrent à se battre, sans
que les domestiques, et même la

voix du maître, accourus pour les séparer, pussent y parvenir. Marie, qui du fond de la cour voyait cet affreux spectacle, poussait des cris perçants, et bientôt, obéissant à un sublime instinct, elle s'élança vers les deux furieux ; puis s'adressant au plus acharné :

« Oh! Monsieur ! dit - elle toute tremblante, Monsieur ! ne tuez pas votre pauvre camarade ! il a des petits enfants, qui seraient bien malheureux ! et le bon Dieu vous punirait ! »

A l'éclat de cette petite voix, que l'effroi rendait perçante; à la vue de ce jeune ange, vêtu de blanc, et qui tendait vers eux ses mains suppliantes, les deux forcenés s'arrêtèrent; une sorte de honte les saisit, et Dieu, que la petite fille avait invoqué, toucha soudain leur cœur. « La petite demoiselle a raison, dit l'un d'eux à celui qu'il était au moment d'écraser sous ses coups, j'allais peut-être faire une sottise. » Et se détournant, il laissa l'autre se relever, et parut disposé à écouter les représentations de ceux qui voulaient les apaiser. En effet, M. d'Herbelot acheva la bonne œuvre qu'avait commencée Marie, et quand les deux ouvriers se furent donné la main en signe de réconciliation, l'heureux père, prenant sa fille dans ses bras, la serra en silence contre son cœur, et, en la portant à sa mère, il remerciait tout bas le bon Dieu de lui avoir donné cette enfant de bénédiction.

Mme d'Herbelot avait eu de fré-
quentes occasions de remarquer
ces tendres et compatissantes dispositions du cœur de sa fille ; elle
ne négligeait rien de ce qui pouvait les accroître et les développ-
per. Quoique Marie ne fût encore
qu'une enfant de six ans, le sentiment religieux qui animait toutes
ses actions avait donné une matu-
rité précoce à son esprit et à sa
raison. Aussi sa mère , qui comp-
tait au nombre de ses plus chers
devoirs ceux de la charité chré-

tienne, se faisait un plaisir d'initier sa fille, malgré son jeune âge, aux actes de bienfaisance qui lui étaient habituels. Ainsi, dans les visites que l'excellente dame faisait chaque semaine dans de pauvres familles, elle ne craignait pas d'emmener Marie avec elle; car, dans ces circonstances, la délicate petite fille, qui, d'ordinaire soigneuse à l'excès de la netteté de son vêtement blanc, et n'ayant jamais une tache à sa robe, ni la moindre crotte à sa chaussure, semblait

comme la blanche hermine qui ne
peut, dit-on, supporter une souil-
lure sans mourir, Marie, dis-je,
ne reculait devant aucun service,
quelque rebutant qu'il fût, pour
aider sa mère dans les soins cha-
ritables que celle-ci donnait aux
pauvres malades qu'elle daignait
visiter. Était-il question de veil-
ler à la chute des sangsues ordon-
nées par le médecin, aussi bien
que de rouler les bandes et plier
les compresses pour une saignée :
la courageuse Marie, qui s'était

aguerrie contre l'horreur instinc-
tive que cause d'ordinaire la vue
de ces petits reptiles, les prenait
hardiment lorsqu'ils étaient gor-
gés de sang, et les jetait dans un
vase d'où ces vilaines bêtes faisaient de vains efforts pour s'é-
chapper. Elle présentait la tasse
pleine de tisane ou la potion pré-
parée, avec autant d'adresse que
d'attention ; ou, si son aide n'é-
tait pas nécessaire près du lit d'un
malade, elle s'occupait à remettre
de l'ordre dans la chambre, à

faire jouer ou à apaiser un enfant oublié dans son berceau, enfin à se rendre utile par mille petits services que lui indiquaient
son zèle et son bon cœur. Souvent
aussi, quand la visite de sa mère
n'avait pas pour objet de soulager
la souffrance et la maladie, mais
bien les peines plus cuisantes encore du chagrin, de la pauvreté
et de toutes les misères que celle-
ci traîne à sa suite, Marie n'en
prenait pas moins une part active
à tout ce que faisait ou disait sa

mère ; elle écoutait avec respect et attention les tendres et pieuses exhortations dont celle-ci avait soin d'accompagner les dons de sa générosité.

Lorsque Mme d'Herbelot s'adressait à des malheureux découragés par l'infortune , plus d'une fois alors un homme grossier, que l'ignorance et le malheur avaient rendu insensible au doux langage de la charité chrétienne, en voyant au pied de son lit la blanche petite fille, les mains jointes , dans l'attitude de la prière, et, comme .

un ange d'espérance et de paix,

arrêter sur lui un regard où se

peignait la plus vive compassion,

sentait peu à peu son cœur s'at-

tendrir, la conviction dissiper les

ténèbres de son esprit, l'espérance

rentrer dans son âme, et, tout à

coup reprenant courage, remer-

ciait avec effusion la charitable

dame de ses dons, de ses con-

seils, promettait de suivre ceux-

ci, et la payait ainsi de toutes ses

peines.

Cette histoire est peut-être un peu grave , mes chères petites amies ; mais qui de vous pourrait-elle ennuyer ? des cœurs légers, des esprits frivoles , des êtres faibles , sans désirs de bien faire, et que la peinture des vertus qu'ils ne possèdent point rebutent au lieu d'encourager !... Mais j'aime à croire que les bonnes petites filles qui liront ceci ne sont pas de ce nombre, ou du moins que le bon exemple de ma douce et pieuse Marie leur inspirera le courage

nécessaire pour l'imiter ; d'ailleurs, en écrivant cette histoire,
j'ai eu surtout l'intention de présenter à celles qui sont plus spé-
cialement vouées à la sainte Vierge
un aimable et gracieux modèle de
la conduite qu'elles doivent s'ef-
forcer de tenir pour se montrer
dignes de l'honneur qui leur a été
fait d'être consacrées à la Reine des
Anges et de porter ses couleurs ;
et si d'autres, moins favorisées
qu'elles sous ce rapport, y trou-
vent un encouragement à bien

faire, qu'elles se souviennent en
même temps que, pour n'être pas,
comme Marie, *vouées au blanc*,
elles n'en sont pas moins sous la
protection de la douce Mère des
miséricordes.

La septième année de Marie ap-
prochait ; l'engagement que sa
mère avait pris de lui faire porter
des vêtements blancs jusqu'à cet
âge allait cesser, et dans quelques
jours Marie devait quitter cette
robe blanche, symbole d'inno-
cence et de pureté. Toutefois, ce

n'était pas sans regrets de la part
de la petite fille qui l'avait si di-
gnement portée depuis le jour de
son baptème. Jamais elle n'avait
envié les robes roses ou bleues,
les manteaux écossais ou les rubans aux vives couleurs de ses jeunes compagnes ; et quand celles-
ci, quelque temps avant que Marie
dût quitter son costume virginal,
s'efforcèrent de lui peindre le
plaisir qu'elle éprouverait sans
doute à mettre comme elles de jo-
lies robes, soit à raies de couleurs

variées ou semées de petites fleurs,
soit un frais chapeau de paille
orné de roses ou de bluets, Marie
écoutait ces frivoles discours sans
beaucoup d'intérêt, ou se disait
avec tristesse : « Oui, mais je ne
serai plus la petite fille de la sainte
Vierge ; et qui sait ? peut-être
qu'elle ne me reconnaîtra plus
quand j'irai le samedi à la Messe
devant son autel. » Sa mère, devant qui elle exprimait cette inquiétude un peu enfantine, lui fit
comprendre combien elle était mal

fondée ; elle lui dit que, comme le bon Dieu, la sainte Vierge ne regardait point aux habits, et que, pourvu que son cœur demeurât pieux et sincère, sa vie pure et occupée, la sainte Vierge la regarderait toujours comme sa fille.

Rassurée, mais non tout à fait consolée, Marie se soumit à ce qu'avait décidé sa mère ; cependant, comme on était à la fin d'avril et que le mois de mai, le mois des roses, le mois consacré à la sainte Vierge, allait commencer,

Marie, qui se souvenait des autels parés de fleurs, des chants mélodieux des jeunes filles et de toutes les gracieuses solennités auxquelles elle avait pris part l'année précédente, conjura sa mère de vouloir bien prolonger, durant ce mois, son cher et doux engagement, afin de pouvoir encore assister dans son vêtement virginal aux prières qui devaient être offertes à la Reine du ciel. La bonne mère était trop heureuse de voir ces pieuses dispositions dans son

4.

enfant pour ne pas consentir avec joie à cette prière. Comme la saison était très-chaude, et que la petite garde-robe de Marie avait besoin d'être renouvelée, sa mère lui fit faire une nouvelle robe blanche, afin qu'elle pût figurer décemment aux processions qui précédaient les cantiques et les prières à la sainte Vierge. Chaque soir donc, Marie, vêtue de blanc de la tête aux pieds, car un long voile de mousseline, suivant l'usage de la paroisse où l'on exigeait cet ornement, de toutes celles qui fréquentaient l'autel de la sainte Vierge, l'enveloppait tout entière, Marie assistait aux pieux exercices; et, à l'air de pureté et de recueillement répandu sur toute sa personne, on eût dit un de ces saints enfants au moment d'approcher de la sainte table, ou un jeune ange de Dieu voilé de ses blanches ailes.

Le mois de Marie allait finir, et jamais peut-être la céleste Patronne de l'enfance n'avait été invoquée avec plus de tendre fer-

veur, quand un événement miraculeux, du moins dans ses résultats,
vint donner à la famille de Marie
une preuve éclatante de la protection de la sainte Vierge et affermir
plus que jamais la petite fille dans
le culte d'amour et de confiance
qu'elle lui avait voué.

M. d'Herbelot, le père de Marie, était un négociant qui com-
merçait avec les pays étrangers,
c'est-à-dire qu'il recevait des
marchands des diverses contrées
l'ordre d'acheter pour eux des

marchandises de France, dont ils lui envoyaient le prix quelque-fois d'avance et quelquefois après la réception des marchandises. Pour le payer de ces soins , les marchands lui accordaient une somme de tant pour cent sur le montant des factures; d'un autre côté, les fabricants chez lesquels M. d'Herbelot se fournissait les choses nécessaires à ces envois, heureux de trouver ainsi le pla-cement de leurs marchandises , lui faisaient les mêmes avantages, de sorte que les acheteurs, les vendeurs, et celui qui servait d'intermédiaire à ce commerce, tout le monde était content. M. d'Herbelot mettait tant de loyauté, de délicatesse, et d'exactitude dans ces diverses relations, que la confiance de ses commettants s'en accrut, au point qu'ils lui adressaient souvent des sommes considérables, pour des commissions qu'il ne devait expédier que dans le courant de l'année.

Mais si le bon négociant était

la loyauté, la probité en personne, il exigeait ces mêmes qua-
lités dans ceux qui l'entouraient;
la conduite de l'un de ses commis,
appelé Brûlard, lui ayant inspiré
quelques fâcheux soupçons sur
la moralité de cet individu, il
l'observa avec soin, et, s'étant
assuré qu'il ne méritait pas sa
confiance, le renvoya, quelle
que fût l'ancienneté de son séjour dans la maison, et le besoin
qu'il eût de ses services. Malheu-
reusement ce commis infidèle, et

qui avait su trop longtemps abuser M. d'Herbelot sur son véritable caractère, n'était qu'un misérable, qu'un vice caché avec soin, la fureur du jeu, avait lié avec des hommes aussi vicieux que lui, et qui, pour satisfaire leurs passions, ne reculaient plus devant aucun crime. Connaissant parfaitement l'état des affaires de M. d'Herbelot, Brûlard savait qu'un envoi d'or, en lingot, devait lui être fait par une maison du Mexique; il connaissait également l'époque à laquelle ces sommes devaient être à Paris. Il résolut de chercher par tous les moyens possibles à s'emparer de cet or, avec lequel il se proposait de passer en pays étranger et de satisfaire ainsi tout à la fois sa cupidité et la haine vindicative qu'il portait à M. d'Herbelot, pour l'avoir démasqué. Il s'entendit, pour cette infâme action, avec les plus pervers de ses compagnons de débauches; il connaissait parfaitement l'inté-

rieur de la maison de son patron ;
il fut d'autant plus facile à Brûlard de combiner son plan, que
depuis longtemps, et dans de
coupables intentions, il avait pris
l'empreinte des principales ser-
rures, et en avait fait faire de
doubles clefs, par un serrurier
habile.

M. d'Herbelot reçut en effet
les fonds annoncés par ses corres-
pondants. Ils arrivaient à temps,
car il avait des payements considérables à faire, dans les pre-

miers jours du mois suivant;
toutefois, en attendant qu'il
allât échanger à la banque l'or
qu'on lui avait expédié, contre
des valeurs plus commodes à di-
viser, il s'empressa de transporter la petite tonne cerclée de fer
qui le contenait, non dans le coffre-fort placé dans son cabinet
de caisse, mais dans une armoire
secrète, pratiquée dans l'épaisseur du mur, et placée derrière
son lit, dans sa chambre à coucher; car, n'ayant que de nou-

veaux commis, il croyait prudent de leur dérober la connaissance de ce précieux dépôt, de peur d'exciter par là leur convoitise.

Brûlard, qui n'ignorait pas les remboursements que M. d'Herbelot avait à faire, se hâta de mettre son projet à exécution. Dans la nuit du 30 au 31 mai, à l'aide des fausses clefs qu'il avait fait faire, il s'introduisit dans la maison par la porte extérieure d'un magasin qui s'ouvrait seulement lors de l'expédition des marchandises , et qui, placée assez loin de la loge du portier , échappait ainsi à la surveillance de celui-ci. Brûlard s'était fait suivre de trois de ses compagnons , les plus déterminés ; et tous quatre, armés de poignards acérés et de pistolets à doubles charges, pénétrèrent, par des détours connus à Brûlard , dans la partie du rez-de-chaussée, où étaient les bureaux.

Brûlard ouvrit facilement, et sans bruit, toutes les portes, parvint au cabinet de caisse, ouvrit

celle-ci avec le même succès, et
à l'aide d'une petite lanterne
sourde, dont il dirigea la lu-
mière vers le fond de la caisse,
tandis que ses compagnens y
plongèrent leurs regards et leurs
mains avides. Mais quelle fut la
consternation des quatre scélé-
rats! Le coffre-fort était vide;
quelques sacs d'écus restaient,
mais les lingots d'or, les billets
de banque, renfermés ordinaire-
ment dans un petit carton vert,
et que Brûlard avait vu cent fois,

tout avait disparu! La fureur que
leur causa ce désappointement,
loin d'arrêter les voleurs dans
leur coupable entreprise, ne fit
qu'accroître leur désir effréné
de s'emparer des richesses qu'ils
convoitaient. Brûlard, étouffant
une imprécation, fit signe à ses
compagnons de le suivre; ils se
dirigèrent vers l'escalier qui montait au premier étage; mais, arrivés là, un obstacle imprévu les
arrêta. La maison que M. d'Herbelot habitait seul était d'une

construction ancienne et irré-
gulière, formée de deux corps
de logis qui jadis avaient appar-
tenu à deux propriétaires diffé-
rents; une forte grille de fer
fermait l'escalier de l'un d'eux,
et mettait ainsi la famille qui
l'habitait à l'abri de toute fâ-
cheuse tentative. Toutefois, depuis que M. d'Herbelot occupait
cette maison, la grille n'avait
presque jamais été mise en usage,
et, simplement appuyée contre le
mur, elle laissait libre l'accès de

l'escalier. En la voyant fermée,
Brûlard comprit, par cette précaution, que l'argent avait été
transporté dans l'appartement de
M. d'Herbelot. A cette pensée,
la rage furieuse de Brûlard re-
doubla; il passa aussitôt dans
une petite cour intérieure, et
levant les yeux il aperçut une
fenêtre du premier étage, lais-
sée ouverte. Cette fenêtre éclairait une espèce de garde-robe
garnie d'armoires, renfermant le
linge et les vêtements de la fa-

mille; la chambre à coucher de M. d'Herbelot s'ouvrait sur cette pièce; mais, comme celle-ci appartenait au second corps de logis, le plancher se trouvait beaucoup plus bas que celui de l'appartement voisin, auquel on ne parvenait qu'en montant cinq marches-cachées dans l'épaisseur du mur de séparation des deux logis. Cette espèce de petit passage se fermait du haut et du bas par deux portes qui restaient ouvertes la plupart du temps. Brûlard

n'ignorait rien de ces particularités, et modifia son plan d'atta-
que en conséquence. Aussitôt, sai-
sissant d'un bras vigoureux une
longue échelle placée dans un
coin de la cour, il la dressa tout
doucement devant la fenêtre en
question ; puis, divisant ses hommes, il plaça l'un vers le passage
du rez-de-chaussée, de peur que
les commis, éveillés par quelque
bruit, ne vinssent déranger leur
projet ; l'autre vers le magasin
pour protéger leur sortie ; et avec

le dernier, le plus déterminé de tous, il s'apprêta à monter à l'échelle. Avant d'y poser le pied, Brûlard tira son poignard, en examina la lame, puis tout à coup, et comme si son courage eût fléchi, au moment d'aller égorger son ancien maître, il recula, et dit tout bas à son compagnon : « Passe devant, je te suivrai. » Celui - ci obéit, prit son poignard entre ses dents , et grimpa hardiment à l'échelle. Il fallait se hâter, car l'obscurité transparente d'une belle nuit de printemps, qui avait jusque alors servi leur coupable entreprise, allait disparaître, et la lune, qui venait de se lever, commençait à blanchir le faîte des cheminées et des toits voisins. Le brigand qui précédait Brûlard de quelques échelons, atteignit bientôt le bord de la fenêtre, l'enjamba lestement et se trouva dans la petite chambre. Son poignard en main, il s'avança avec précaution vers la porte qui se

trouvait en face de lui. Cette
porte était ouverte; mais au moment où, suivant les indications
de Brûlard, le voleur allait entrer dans le sombre petit passage signalé plus haut, une ter-
reur soudaine glaça ses sens
et le cloua en quelque sorte à
sa place; une blanche et lumineuse apparition, comme celle
d'un être surnaturel, agitant de
longues draperies, semblait d'un
geste imposant lui interdire· le
passage. C'était Marie, réveillée

soit par quelque sourde rumeur,
soit par l'effet d'une de ces tendres inquiétudes qui saisissent
quelquefois le cœur des enfants
dans leur sommeil, et leur font
jeter des cris d'effroi en appe-
lant leurs parents bien-aimés,
lorsqu'un songe douloureux leur
a présenté ceux-ci morts ou ex-
posés à quelque grand danger. La
petite fille s'était levée toute trou-
blée, et croyant avoir entendu
son père crier au secours. La
chambre où elle couchait était

placée entre celle de ses frères et
celle de ses parents; Marie en avait
ouvert la porte sans bruit, et, vêtue seulement de sa longue robe
de nuit et d'un grand châle blanc
qu'elle avait jeté autour d'elle,
elle s'était avancée sur la pointe
du pied jusqu'au haut du passage,
et en face de la chambre de son
père; la lune, dont la blanche lu-
mière éclairait alors sa chambre,
demeurée ouverte derrière elle,
l'entourait d'une lueur d'autant
plus vive, que tout le reste était

dans l'ombre, et formait autour
d'elle comme une éblouissante et
mystérieuse auréole; dans la pré-
cipitation avec laquelle elle s'était
jetée hors du lit, sa coiffure s'était
détachée, et ses cheveux blonds
et bouclés tombaient sur ses épau-
les. En la voyant ainsi, l'air sé-
rieux, attentif, car elle écoutait,
et ramenant par un mouvement
lent et presque solennel ses blancs
vêtements autour d'elle, ont eût
dit l'ange protecteur de la famille
debout, vigilant, et placé à l'en-

trée de cet étroit passage pour
la défendre contre le poignard des
·assassins.

Ce fut l'effet que produisit la
jeune fille sur l'esprit du meur-
trier, que son aspect avait frappé
de stupeur ; soudain, sans se rendre compte de ce qu'il voyait, sans
chercher à vaincre l'étrange effroi
qui venait de s'emparer de lui , il
retourna brusquement sur ses pas,
regagna l'échelle , dont Brûlard
venait seulement d'atteindre les
derniers échelons, car tout ceci

n'avait peut-être pas duré dix se-
condes. Dans son empressement à
descendre ce périlleux chemin, le
voleur heurta violemment son camarade, lequel, surpris de cette
fuite précipitée, essaya d'abord de
le retenir en le questionnant à
voix basse; mais les mouvements
désespérés que faisait l'autre pour
s'arracher de ses mains, imprima
un mouvement de côté à l'échelle,
qui, chargée de ce double poids,
tomba à grand bruit dans la cour.
Par une juste punition de Dieu,

Brûlard se trouva engagé sous l'é-
chelle et eut les deux cuisses cas-
sées. Ce fut en vain qu'il conjura
ses camarades, accourus au bruit,
de l'emporter hors de la maison ;
ceux-ci, voyant l'expédition man-
quée, prirent la fuite , et le
troisième , quoique horriblement
meurtri de sa chute, s'apprêtait à
en faire autant.

Au bruit de l'échelle , et aux
plaintes étouffées que d'affreuses
douleurs arrachèrent à Brûlard, le
portier et les commis, s'étant éveil-

lés, accoururent pleins d'effroi de
trouver toutes les portes forcées et
ouvertes. Lorsqu'ils furent arrivés
à l'entrée de la petite cour, ils aper-
çurent deux hommes, dont l'un
était étendu sans mouvement, et
l'autre qui, tout en se traînant
avec peine, cherchait à s'enfuir.
Ils s'emparèrent de ce dernier; et
les imprécations des deux scélé-
rats, mis en présence, apprirent
aux commis le danger que venait
de courir leur maître. Celui-ci,
réveillé par les cris de sa fille, qui

ne s'était aperçue de la présence
des brigands qu'en voyant fuir
par la fenêtre celui qui s'était in-
troduit si près d'elle, s'était levé à
la hâte, avait ouvert sa porte, et,
tout en cherchant à rassurer sa
femme, effrayée par le récit de la
petite fille, qui, toute tremblante,
s'était réfugiée auprès d'elle, il
prit une arme, ferma la porte derrière lui, et descendit vers le lieu
où la voix de ses gens et les gémis-
sements des blessés se faisaient
entendre.

Aux premières clartés de l'aube, qui commençait à paraître, M. d'Herbelot reconnut avec effroi le misérable qui avait si long-temps abusé de sa confiance. Les reproches que Brûlard adressait à son compagnon, sur ce qu'il appelait sa *maladresse et sa couardise*; les réponses encore troublées de celui-ci, qui persistait à dire qu'il avait cru voir un fantôme, apprirent à M. d'Herbelot une partie de la vérité; il comprit que la vue de sa fille, vêtue de blanc, et ainsi pla-

cée dans l'ombre, avait pu paraître un être surnaturel au scélérat
qui venait pour l'assassiner; il
sentit avec une profonde reconnaissance envers Dieu tout ce
qu'il y avait de miraculeux dans
cet événement; et après avoir fait
relever les deux misérables, et
donné ordre qu'on appelât un médecin pour leur donner les premiers soins, et des gens pour les
transporter ensuite dans un hos-
pice, il remonta près de sa femme
et de sa famille alarmée, et là,

tombant à genoux devant une image de la Vierge, que coloraient en ce moment les douces clartés de l'aurore, père, mère, enfants, domestiques, tous ensemble récitèrent d'une voix émue, en manière d'actions de grâces, la belle prière appelée le *Salve Regina*, que la pieuse mère de famille avait coutume de dire dans les occasions importantes.

Le père prit ensuite dans ses bras la chère enfant qui en effet avait été, quoiqu'à son insu, l'ange

6

gardien de la famille, et, sans lui
dire toute la part qu'elle avait eue
à cet événement, il l'embrassa ten-
drement, pour la remercier du sentiment de filiale inquiétude qui, en
la faisant ainsi sortir de sa chambre au milieu de la nuit, l'avait
averti du danger. « Garde toute la
vie le souvenir de cette nuit, ma
fille, ajouta ce bon père, et que ta
confiance dans ta céleste protectrice, à laquelle nous avons voué
tes jeunes années, s'en augmente
chaque jour ; demain dimanche

nous irons tous ensemble remercier Dieu dans son temple, et
déposer sur l'autel de la sainte
Vierge le tribut de notre reconnaissance. »

En effet, le lendemain toute la
famille se rendit à l'église ; c'était
le dernier jour du mois de Marie ;
son autel était paré de fleurs et de
lumières, comme dans les plus
grandes solennités. La petite fille
vouée au blanc venait pour la dernière fois, sous ce vêtement consacré, offrir à la Reine du ciel ses

humbles et ferventes prières. Après
avoir remercié la sainte Vierge de
la protection qu'elle avait daigné
accorder à toute sa famille, prié
pour son père, sa mère, ses petits
frères, elle se recommanda de nouveau aux bontés de Marie, et ter-
mina sa prière par la belle oraison
composée par saint Louis de Gonza-
gue, et qui commence en latin par
ces mots : *O Domina*, mais que
Marie avait apprise par cœur en
français, pour la réciter dans cette
circonstance, où, quittant les mar-

ques extérieures de sa consécra-
tion à la Reine des cieux , elle n'en
voulait pas moins demeurer jusqu'à la fin de ses jours son humble et fidèle servante. C'est ce
qu'exprime cette belle prière que
voici, telle que Marie là répéta
d'une voix émue devant l'autel
de la Vierge.

« O ma Dame et souveraine!
« sainte Vierge Mariè! je me jette
« dans le sein de votre miséri-
« corde, et mets de ce moment, et
« pour toujours, mon âme et mon

« corps sous votre sauvegarde
« et protection spéciale ; je remets
« entre vos mains toutes mes espé-
« rances, toutes mes joies, toutes
« mes misères et peines, ainsi que
« le cours et la fin de ma vie, afin
« que, par votre très-sainte inter-
« cession, toutes mes actions, di-
« rigées par vous, soient faites
« selon la volonté de Dieu, et en
« vue de plaire à votre divin fils.
« Ainsi soit-il. »

Ici devrait se terminer l'histoire de la petite fille *vouée au*

blanc, j'y ajouterai pourtant un dernier trait.

M. d'Herbelot, reconnaissant envers la divine Providence, et heureux d'être échappé au double danger d'une ruine complète et d'une mort funeste, n'avait pu se résoudre à faire punir comme ils le méritaient les deux misérables qui avaient tenté de causer l'une et l'autre ; ceux-ci d'ailleurs, le corps horriblement fracassé par l'effet de leur chute, ne survécurent que peu de temps

à cet événement ; et comme
M. d'Herbelot, après les avoir fait
transporter dans un hôpital pour
y être soignés, n'avait pas porté
plainte contre eux , la chose
passa pour l'effet d'un accident.
Cette générosité de la part de
l'homme qu'ils avaient voulu assassiner, les bons soins dont ils
étaient l'objet à l'hôpital , les
pieuses exhortations des bonnes
sœurs qui les leur prodiguaient,
et plus que tout cela, un effet de la
grâce de *Marie la miséricordieuse*,

touchèrent le cœur de ces hommes,
jusque alors endurcis. Ils deman-
dèrent pardon à M. d'Herbelot,
le remercièrent avec larmes de sa
bonté, et moururent tous deux,
à peu de distance l'un de l'autre,
en donnant les marques d'un profond repentir. Cette mort, qui dé-
livrait la famille d'Herbelot de
toute inquiétude pour l'avenir,
fut en même temps pour elle une
nouvelle occasion de bénir Dieu,
et, pour Marie en particulier, celle
de remercier la Mère de toute

miséricorde ; car , depuis le jour
de l'événement, la bonne petite
fille n'avait pas manqué d'adres-
ser, matin et soir, une prière à
Marie pour les *pauvres brigands
blessés*.

LE CHEVAL DE BOIS.

Martial Delorme était un gentil petit garçon de huit ans, un peu étourdi, un peu tapageur, et même un peu volontaire, mais du reste, bon, sensible, généreux, soumis à ses parents, respectueux envers ses maîtres, et toujours

prêt à obliger ses camarades ou
les personnes qui lui demandaient
quelque petit service. Son père,
homme riche, veuf et qui n'avait
que lui d'enfant, était adminis-
trateur d'une grande entreprise,
dans laquelle il occupait un nombre considérable d'ouvriers, commis, facteurs et autres employés.
Ceux-ci, soit pour se faire bien
venir du maître, soit par espoir
d'en obtenir de l'avancement, soit
enfin par un sentiment de reconnaissance, saisissaient toutes les
occasions pour accabler le petit

Martial de présents de toute espèce.

Parmi les employés il en était
un que l'on appelait M. Duval,
homme honnête, intelligent, et
des plus assidus à son service ; père
d'une nombreuse famille, il aurait
eu des droits à une position plus
en rapport avec sa capacité et ses
services, mais, outre qu'il était
fort modeste, Duval était si reconnaissant de ce que M. Delorme
avait déjà fait pour lui, qu'il n'o-
sait pas le solliciter de nouveau :
il se contentait de remplir ses de-

voirs de son mieux, et de se rap-
peler de temps en temps à la bien-
veillance de son maître. L'époque
du jour de l'an lui en ayant offert
une favorable occasion, il alla chez
un marchand de jouets arrivé depuis peu dans la ville, et qui avait,
disait-on, des joujoux du meilleur
goût. En effet Duval vit là, entre autres choses, un superbe cheval de bois, d'un nouveau genre ;
car au moyen d'un ingénieux mé-
canisme, caché dans le corps de
l'animal, il allait au pas, au trot
et même au galop ; faisait mille

courbettes , suivant la volonté de celui qui le montait. Le prix de ce merveilleux dada dépassait de beaucoup celui que M. Duval voulait mettre à son cadeau , dût-il y consacrer tout l'argent qu'il destinait aussi aux étrennes de sa femme et de ses enfants; cependant il se décida à faire emplette de ce jouet, le seul de ce genre qui fût chez le marchand , de peur qu'un autre employé en l'achetant ne le privât du moyen de témoigner sa gratitude à M. Delorme d'une manière toute particulière.

Rentré chez lui, Duval, un peu inquiet de la manière dont sa petite famille prendrait la chose, raconta d'abord à sa femme ce qu'il avait cru devoir faire dans l'intérêt de leur position, et il fut approuvé; ensuite d'un air triste annonça à ses enfants que pour cette année il ne pourrait leur donner d'étrennes, l'achat du cheval de bois ayant absorbé tout ce qu'il destinait à cet usage. Les enfants de M. Duval étaient habitués à souffrir bien d'autres privations que celle d'un jouet, ou de quel-

que autre chose de ce genre : ils
embrassèrent leur père avec ten-
dresse et lui dirent qu'ils étaient
trop heureux d'avoir pu contri-
buer à ce qu'il fît un présent con-
venable et comme il le désirait au
fils du bon M. Delorme ; et que,
d'ailleurs, leur mère leur ayant
promis de leur faire une galette
pour les régaler le lendemain, ils
espéraient passer le jour de l'an
fort gaiement, quoique sans étrennes et sans nouveaux joujoux.

Rassuré sur ce point et remer-
ciant Dieu dans son cœur de lui

avoir donné d'aussi bons enfants,
Duval porta le soir même le coursier merveilleux chez M. Delorme,
et recommanda à un vieux domestique, qui avait soin particulière-
ment du petit Martial, de lui remettre ce présent de sa part, en
ajoutant qu'il viendrait le lendemain avec ses camarades offrir ses
respects à M. Delorme et se rap-
peler de nouveau à ses bontés. Le
vieux Germain, émerveillé de la
beauté du jouet destiné à son jeune
maître, ne put s'empêcher de faire
quelques questions à ce sujet, qui

donnèrent à Duval l'occasion d'entrer dans certains détails sur sa position ; une fois sur ce chapitre, le bon père parla de sa famille, de la joie que lui donnaient ses enfants et de celle qu'il aurait de voir sa position s'améliorer pour pouvoir mieux soigner leur éducation et les dédommager des mille petites privations qu'il était obligé de leur faire subir par suite de sa médiocre fortune. Le bon Germain parût tout comprendre, et il assura Duval qu'il ne négligerait pas l'occasion de faire connaître

ces intéressants détails à son maître
qui était la bonté même, mais que
le tracas des affaires et les deman-
des incessantes dont il est accablé,
ajouta le vieux serviteur, forçaient
souvent à laisser de côté les personnes et les choses pour lesquel-
les il était le mieux porté.

Comme on le pense bien, Duval
n'avait pas été le seul à porter ou
à envoyer des étrennes au fils de
M. Delorme: dès le matin, boîtes de
bonbons, jeux de toutes sortes,
livres instructifs ou amusants,
cartes découpées, albums, boîtes à

couleurs, charmants petits fusils
en acajou, giberne, sabre avec une
vraie lame d'acier, tout l'équipement d'un garde-national, armes
de toute espèce et jusqu'à un petit
canon monté sur son affût avec
la mèche, le tire-bourre et l'é-
couvillon, et cent autres jouets
arrivèrent à la file et encombrè-
rent tous les meubles de la chambre de Martial. Celui-ci ne pouvait
suffire à ce que chacun d'eux méritait d'admiration ; cependant,
parmi tous ces merveilleux objets,
il en était un qui l'emportait sur

tous les autres, c'était *le cheval de bois* qui galopait tout seul , et que Martial , abandonnant pour lui tous ses autres jouets, avait conduit dans la salle à manger où il devait déjeuner avec son père. Le petit coursier, haut de près de trois pieds , revêtu d'une véritable peau de cheval, était un alezan doré avec les quatre pieds blancs, une étoile blanche sur le front, la crinière de même, une longue queue à tous crins; il portait une petite selle en velours bleu garni d'argent, un mors et

des bossettes en même métal, une
bride, un frontal et des rosettes
en soie bleue tressée d'argent ; des
étriers d'acier délicatement tra-
vaillés pendaient aux flancs de l'a-
nimal, et une charmante petite cra-
vache à pommeau d'argent com-
plétait l'équipement. Du reste,
rien de plus simple que le méca-
nisme qui mettait le dada en mouvement. Quand le petit cavalier
était monté en selle, ce qu'il pouvait faire, au moyen de la bride
et des étriers, suivant toutes les
règles de l'équitation, il lui suffi-

sait de tourner un petit bouton
placé sur le garrot du cheval, et
aussitôt, par le moyen des ressorts
cachés tant dans le support que
dans l'intérieur du petit coursier,
celui-ci commençait à faire quelques courbettes, puis prenait le
pas, le trot et enfin le galop, sans
jamais prendre le mors aux dents.

Martial ne se lassait pas, depuis
deux heures qu'il était levé, de
faire faire à son coursier toutes
sortes d'exercices. Il en oubliait
le boire et le manger, car le déjeuner, qui depuis longtemps était

prêt, ne lui causait d'autre im-
patience que celle de voir son
père, et de lui faire admirer son
merveilleux dada, auquel il avait
donné le nom sonore et ronflant
de *Zamore*.

Tandis que Martial, dans le
joyeux transport de ce nouvel amu-
sement, rappelant à son aide le
souvenir des exercices d'équitation
qu'il avait vu exécuter lors de la
foire par la famille Boutor et autres artistes équestres ambulants,
essayait de faire le saut, la voltige,
etc., l'attention du petit garçon se

porta tout à coup sur son bon vieux
gardien qui, debout près de la
fenêtre en attendant l'arrivée de
M. Delorme, semblait suivre du
regard les jeux de son jeune maître
avec une expression de tristesse
dans les yeux qui n'était point en
rapport avec l'expression ordinaire de son visage. Martial, en
fut frappé, il s'arrêta et lui dit :
« Qu'as-tu donc, Germain ? est-
ce que tu as mal à la tête? est-ce
que je fais trop de bruit? ajouta-
t-il en retournant la bride de son
coursier qui, demeurant sur place,

continuait alors à faire des courbettes.

— Non, mon bon Martial, ré-
pondit le vieux serviteur, je n'ai
pas mal à la tête, et rien ne vous
empêche de faire ici ce que vous
voudrez, puisque votre papa n'est
pas encore rentré; je pense seulement à quelque chose de triste, et
voilà !...

— Et à quoi donc? mon vieux,
dit encore le petit cavalier, tout
en rajustant ses brides et pas-
sant sa main sur la crinière de son
coursier, un peu ébouriffée par la

course , est-ce que je ne peux pas
le savoir ? dis-moi !

— Ah ! reprit le vieux serviteur avec une espèce de soupir, je
pensais à la quantité de choses
inutiles que vous avez reçues ce
matin , à l'argent qu'elles ont
coûté,... au peu de cas que vous
faites de ces choses, et...

— C'est bien vrai, dit le petit
garçon en faisant reprendre une
nouvelle allure à son dada ; je ne
me soucie déjà plus de rien de tout
cela !...... Il y a même dans ce
qu'on m'a donné des joujoux avec

lesquels je ne jouerai jamais ; mais mon dada , ô mon cher Zamore ! c'est toi que je préfère à tout : aux bonbons, aux polichinels, aux billes d'agate, aux... enfin à tout ! Vraiment M. Duval est bien aimable de m'avoir fait un si charmant cadeau ! » et un nouveau temps de galop interrompit cette joyeuse effusion.

« Mais il faut , reprit-il en s'arrêtant de nouveau , comme pour laisser souffler sa monture ; il faut que M. Duval soit bien riche pour faire des présents de ce genre !

— Bien loin de là, se hâta de
dire le vieux serviteur qui ne laissait pas échapper une occasion de
développer quelque bon sentiment
dans l'âme de l'enfant confié à ses
soins; le brave M. Duval, l'un des
plus anciens employés de votre
père, n'a que le mince revenu de
sa place pour élever sa nombreuse
famille : cinq enfants, dont l'aîné
est à peu près de votre âge, mon
cher Martial! Mais comme M. Duval, extrêmement reconnaissant
des bontés que votre père a eues
autrefois pour lui, cherche toutes

les occasions de le lui témoigner,
il n'a pas hésité dans celle-ci à
faire un grand sacrifice pour pouvoir acheter ce jouet d'un prix
bien élevé pour sa fortune. Ap-
prenez, mon cher enfant, qu'il a
mis à l'achat de ce dada qui vous
amuse tant tout l'argent qu'il destinait à donner une étrenne à sa
femme, quelques bonbons ou quelques jouets à ses enfants; et que
ceux-ci, généreux comme leur
père, ont approuvé ce don avec
joie, en se contentant des caresses
de ce père bien-aimé. En me rap-

pelant tout cela, je pensais avec
tristesse que ces pauvres enfants
sont peut-être les seuls qui, dans
toute la ville, n'auront eu ni bonbons, ni jouets, ni aucune de ces
brillantes bagatelles dont votre
chambre regorge, mon cher enfant, et dont vous avouez vous-
même faire si peu de cas!... »

Pendant que Germain parlait
ainsi, Martial, qui avait commencé
par arrêter son coursier, mit bientôt pied à terre ; il releva les
étriers, attacha la bride et la cra-
vache au pommeau de la selle,

puis vint à petits pas, tout pensif,
près de son vieil ami, et, les yeux
attachés sur lui, semblait l'écouter avec une attention profonde.
Germain ajouta encore quelques
réflexions sur les privations de
tous genres auxquelles tant de
gens honnêtes et bons étaient soumis, et qu'ils supportaient avec
courage et gaieté, tandis que
d'autres, en petit nombre, il
est vrai, mais auxquels Dieu
n'avait confié des richesses au-
dessus de leurs besoins que sous
la condition d'en faire part aux

8

malheureux, étaient bien coupables quand, tout en se plaignant des ennuis qu'amène avec elle la société, ils n'avaient ni l'intelligence, ni le cœur de répandre autour d'eux l'excédant de ces biens, dont ils ne sont, aux yeux de Dieu, que les dépositaires. Mais en écoutant le discours un peu long du vieux serviteur, Martial n'avait pensé qu'à une chose, c'était aux pauvres enfants Duval que l'achat de son cher *Zamore* avait privés de bonbons et d'étrennes; et, tournant vers le cheval de bois ses yeux où se glissaient quelques larmes : « Les pauvres petits !.... répétait-il le cœur serré, pendant que je m'amusais tant! Ah! je ne le monterai plus, s'écria-t-il en faisant un geste de la main et en se jetant dans les bras du vieux Germain, je ne le monterai jamais! il coûte trop cher. » Et ses pleurs longtemps contenus commencèrent à couler avec violence.

Dans ce moment, M. Delorme entra. Inquiet de voir son fils dans cet état, il questionna vivement

Germain ; mais l'enfant, relevant vers son père son visage éploré, lui dit : « Oh ! mon papa ! comment ne serais - je pas affligé ? les pauvres petits Duval ont, dit-on, donné toutes leurs étrennes pour que leur papa puisse m'acheter ce cheval, et vous faire plaisir, ainsi qu'à moi... Mais, mais que je suis étourdi ! s'écria-t-il tout à coup, en même temps qu'un éclair de joie brillait à travers ses larmes ; puisqu'ils m'ont donné leurs étrennes, est-ce que je ne peux pas leur en donner des miennes ? » Et d'un

bond Martial s'élança vers la porte
de la salle. Arrivé là, il s'arrêta,
et d'une voix suppliante il dit encore : « Oh! vous le voulez bien,
n'est-ce pas, mon papa? » Et,
avant que son père attendri eût
achevé de dire oui, le bon petit
garçon se précipita vers sa chambre, dans laquelle étaient ses joujoux, et où Germain le suivit,
après avoir donné quelques expli-
cations à M. Delorme sur ce qui
venait de se passer. Celui-ci, que
les sentiments exprimés par son
fils avaient ému jusqu'aux larmes,

résolut de compléter sa bonne action. Il passa dans son cabinet, chercha dans une liasse de papiers les titres que M. Duval avait à un emploi supérieur, et s'empressa de signer sa nomination à une place à la fois honorable et lucrative, et qu'il lui destinait depuis longtemps, mais *que le tracas des affaires*, comme le disait Germain, et peut-être les efforts des intrigants, l'avaient empêché de lui donner jusqu'alors.

Martial reparut bientôt chargé de jouets et surtout de sacs de bonbons, et demanda instamment à son père de permettre qu'il portât tout de suite les étrennes aux petits Duval.

« Mais ni toi, ni moi, nous n'avons déjeuné, lui dit en souriant M. Delorme.

— Oh! mon papa! je suis si joyeux, que je n'ai plus faim du tout!... Mais déjeunez sans moi, mon bon père, je vous en prie ; d'ailleurs je ne serai pas longtemps.

— Je t'attendrai, mon cher en-

fant; va, suis le mouvement de
ton cœur, et ne remets jamais à
faire une bonne action. Voici de
quoi compléter la joie que tu vas
porter à cette honnête famille,
continua-t-il en lui remettant le
papier qu'il venait de signer; remets ceci de ma part à M. Duval
comme un témoignage de ma confiance, de mon estime et de mon
intérêt. »

Martial, sans bien comprendre
exactement toute la valeur du mes-
sage dont il était porteur, promit
de faire la commission, embrassa

vivement son père, et partit avec Germain.

Je laisse à penser la surprise et la joie immense que causa l'arrivée du bon petit Martial dans la famille Duval. Les bonbons et les joujoux furent reçus avec des transports tels, que toute impression de tristesse en fut subitement effacée. La vue de sa nomination à un emploi supérieur à tout ce qu'il avait pu espérer pénétra l'honnête Duval de la plus profonde reconnaissance, et Germain lui ayant dit à quelle circonstance

il devait cet heureux événement,
le pauvre père attendri prit l'aimable Martial dans ses bras en di-
sant: « Que Dieu vous bénisse, mon
cher enfant, pour le bonheur que
vous m'apportez! qu'il bénisse votre excellent père, et lui donne,
en échange de ses bontés, tout le
bonheur que mon cœur éprouve
en ce moment! C'est la seule ré-
compense qui soit digne de lui; et
elle lui sera douce, car c'est à
vous qu'il la devra! »

De retour au logis, Martial raconta à son père la joie de l'heu-

reuse famille; il déjeuna gaiement
avec ce bon père qui l'avait pa-
tiemment attendu; puis, reprenant avec transport son cher *Za-*
more dont il avait pensé vouloir
se séparer, l'heureux petit garçon
se mit à galoper de plus belle autour de la salle, le cœur léger,
joyeux et content, car il avait fait
une bonne action.

 FIN.

TOURS IMP. DE MAME.

www.ingramcontent.com/pod-product-compliance
Lightning Source LLC
Chambersburg PA
CBHW060821250626
47162CB00005B/1897